우리들 마음에 빛이 있다면

일러두기 _____

– 이 책에 실린 작품의 표기는 원전에 따르는 것을 원칙으로 하였다. 단, 띄어쓰기는 읽기 편하게 과거의 표기법
   을 현대어 표준맞춤법에 맞추어 고쳤다.
– 이 책의 작품 선정은 김용희 아동문학평론가와 박혜선 시인이 공동으로 진행하였다.
– 이 책에 수록한 동요는 총 50편으로 배열, 구성했다. 작품 선정은 2022년 어린이날 100주년을 맞아 KBS 라디
   오가 진행한 '한국인이 사랑하는 우리 동요' 설문 결과를 참고했다.
– 동요가 지어진 해가 아닌, 동요에 곡이 붙여진 연도를 기준으로 창작 연대를 표기하였다.
– 부록으로 아동문학 100주년을 톺아보는 김용희 아동문학평론가의 해설을 수록하였다.
– 이 책은 어린이해방선언 100주년을 기념하여 대산문화재단과 교보문고가 주최한 문학그림전의 도록을 겸하고
   있으므로 문학그림전에 참여한 화가의 약력을 별도로 수록하였다.

어린이해방선언
100주년 기념
동요그림집

우리들 마음에
*빛이 있다면

윤석중 외 33인 지음, 김용희 엮음

교보문고

차례

1부

어린이의
마음

1920~1929

우리나라 창작동요의 역사는 1920년대에 시작되었다. 일제강점기를 지나던 당시, 일본 창가(唱歌) 외에는 조선 어린이들이 부를 만한 노래가 없었다. 이에 방정환을 중심으로 색동회가 조직되면서 어린이를 위한 글과 노래를 지으며 아동문학이 시작되었다. 1922년 천도교소년회에서 어린이날을 공식 선포했고, 이듬해인 1923년에 어린이들을 온전한 인격체로 예우하자는 주장이 담긴 어린이해방선언도 이루어졌다. 어린이의 마음을 들여다보기 시작한 셈이다.

가을밤*

작사 이태선
작곡 박태준

1920

1

가을밤 외로운 밤 벌레 우는 밤

초가집 뒷 산길 어두워질 때

엄마 품이 그리워 눈물 나오면

마루 끝에 나와 앉아 별만 셉니다

2

가을밤 고요한 밤 잠 안 오는 밤

기러기 울음소리 높고 낮을 때

엄마 품이 그리워 눈물 나오면

마루 끝에 나와 앉아 별만 셉니다

---

*박태준이 1920년에 작곡할 때는 윤복진 동요 「기럭이」에 곡을 붙였다. 이후 1950년 윤복진이
월북한 뒤, 이태선이 1960년 작요한 「가을밤」으로 가사를 바꾸었다.

반달

작사 윤극영
작곡 윤극영

1924

푸른 하늘 은하수 하얀 쪽배엔
계수나무 한 나무 토끼 한 마리
돛대도 아니 달고 삿대도 없이
가기도 잘도 간다 서쪽 나라로

은하수를 건너서 구름 나라로
구름 나라 지나선 어디로 가나
멀리서 반짝반짝 비치이는 건
샛별이 등대란다 길을 찾아라

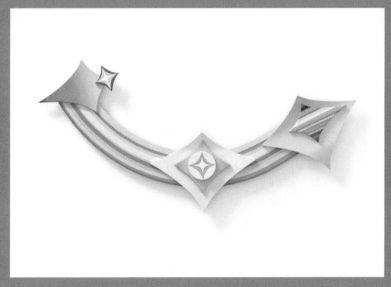

최윤정, 나는 반달, 121×58cm, 자작나무 합판에 유화, 2023

고드름

작사 유지영
작곡 윤극영

1924

1

고드름 고드름 수정 고드름
고드름 따다가 발을 엮어서
각시방 영창에 달아 놓아요

2

각시님 각시님 안녕하셔요
낮에는 해님이 문안 오시고
밤에는 달님이 놀러 오시네

3

고드름 고드름 녹지 말아요
각시님 방 안에 바람 들면
손 시려 발 시려 감기 드실라

설날

작사 윤극영
작곡 윤극영

1924

1

까치 까치 설날은 어저께고요
우리 우리 설날은 오늘이래요
곱고 고운 댕기도 내가 드리고
새로 사온 신발도 내가 신어요

2

우리 언니 저고리 노랑 저고리
우리 동생 저고리 색동저고리
아버지와 어머니 호사 내시고*
우리들의 절 받기 좋아하세요

---

*1924년 《어린이》에는 '호사 내시고'라고 발표했으나, 요즘은 '호사하시고'와 혼용되어 불린다.

따오기 *

작사 한정동
작곡 윤극영

1925

1

보일 듯이 보일 듯이 보이지 않는
따옥따옥 따옥 소리 처량한 소리
떠나가면 가는 곳이 어디 메이뇨
내 어머니 가신 나라 해 돋는 나라

2

잡힐 듯이 잡힐 듯이 잡히지 않는
따옥따옥 따옥 소리 처량한 소리
떠나가면 가는 곳이 어디 메이뇨
내 아버지 가신 나라 달 돋는 나라

---

*1925년 동아일보 신춘문예 당선작으로 당시 제목은 「두룸이(당옥이)」였다. 총 4연으로 된 시
이며, 이후 윤극영이 멜로디를 붙여 2절짜리 동요로 불리고 있다.

김선두, 따오기, 90×62cm, 장지에 먹 분채, 2023

퐁당퐁당

작사 윤석중
작곡 홍난파

1927

1

퐁당퐁당 돌을 던지자
누나 몰래 돌을 던지자
냇물아 퍼져라 널리 널리 퍼져라
건너편에 앉아서 나물을 씻는
우리 누나 손등을 간질여 주어라

2

퐁당퐁당 돌을 던지자
누나 몰래 돌을 던지자
냇물아 퍼져라 퍼질 대로 퍼져라
고운 노래 한마디 들려 달라고
우리 누나 손등을 간질여 주어라

김정옥, 퐁당퐁당, 91×62cm,
장지에 먹, 2023

고향의 봄

작사 이원수
작곡 홍난파

1929

1

나의 살던 고향은 꽃 피는 산골
복숭아꽃 살구꽃 아기 진달래
울긋불긋 꽃대궐 차린 동네
그 속에서 놀던 때가 그립습니다

2

꽃 동네 새 동네 나의 옛 고향
파란 들 남쪽에서 바람이 불면
냇가에 수양버들 춤추는 동네
그 속에서 놀던 때가 그립습니다

박영근, 나의 살던 고향은, 80×100cm, 캔버스에 유화, 2023

낮에 나온 반달

작사 윤석중
작곡 홍난파

1929

1

낮에 나온 반달은 하얀 반달은
해님이 쓰다 버린 쪽박인가요
꼬부랑 할머니가 물 길러 갈 때
치마끈에 달랑달랑 채워 줬으면

2

낮에 나온 반달은 하얀 반달은
해님이 신다 버린 신짝인가요
우리 아기 아장아장 걸음 배울 때
한쪽 발에 딸깍딸깍 신겨 줬으면

3
낮에 나온 반달은 하얀 반달은
해님이 빗다 버린 면빗인가요
우리 누나 방아 찧고 아픈 팔 쉴 때
흩은 머리 곱게 곱게 빗겨 줬으면

김선두, 낮에 나온 반달, 53×45.5cm,
캔버스에 유채, 2023

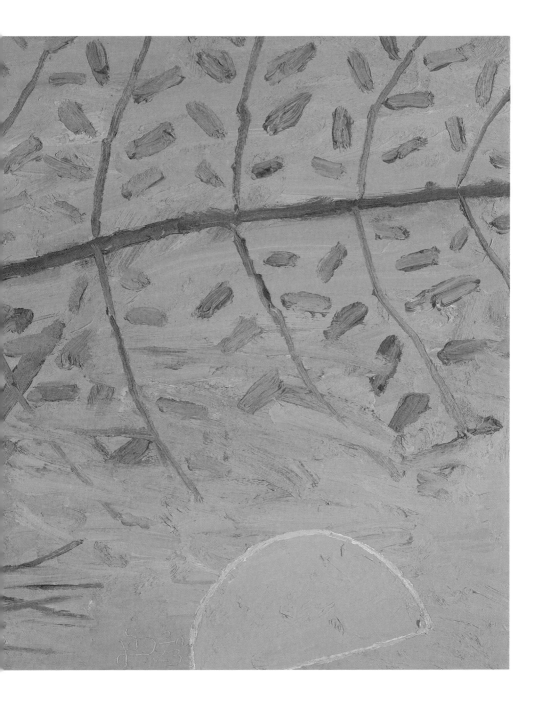

2부

나란히
걸으며

1930~1944

1930년대에 들어서도 동요는 활발히 창작되었다. 1920년대에 만들어진 동요를 작곡하여 동요곡집으로 펴내는 작업이 이루어졌으며, 「오빠 생각」, 「가을」, 「자전거」 등 지금까지 부르는 동요도 이때 탄생했다. 라디오 방송, 교회 주일학교 등 다양한 통로로 동요가 보급되는 시기이기도 했다. 1940년대에는 일제의 민족말살정책으로 우리말로 된 동요가 금지되어 암흑기에 빠졌다.

오빠 생각

작사 최순애
작곡 박태준

1930

1

뜸북뜸북 뜸북새 논에서 울고
뻐꾹뻐꾹 뻐꾹새 숲에서 울 제
우리 오빠 말 타고 서울 가시면
비단 구두 사 가지고 오신다더니

2

기럭기럭 기러기 북에서 오고
귀뚤귀뚤 귀뚜라미 슬피 울건만
서울 가신 오빠는 소식도 없고
나뭇잎만 우수수 떨어집니다

김정옥, 오빠 생각, 74×47cm, 장지에 먹, 2023

가을

작사 백남석
작곡 현재명

1931

1

가을이라 가을바람 솔솔 불어오니
푸른 잎은 붉은 치마 갈아입고서
남쪽 나라 찾아가는 제비 불러 모아
봄이 오면 다시 오라 부탁하노라

2

가을이라 가을바람 다시 불어오니
밭에 익은 곡식들은 금빛 같구나
추운 겨울 지낼 적에 우리 먹이려고
하느님이 내려 주신 생명의 양식

신하순, 가을, 94×64cm,
장지에 수묵 채색, 2023

가을 2003 신가은

햇볕은 쨍쨍

작사 최옥란
작곡 홍난파

1932

햇볕은 쨍쨍
모래알은 반짝
모래알로 떡 해 놓고
조약돌로 소반 지어
언니 누나 모셔다가
맛있게도 냠냠

햇볕은 쨍쨍
모래알은 반짝
호미 들고 괭이 메고
뻗어 가는 메를 캐어
엄마 아빠 모셔다가
맛있게도 냠냠

34

자전거*

작사 목일신
작곡 김대현

1933

1
따르릉 따르릉 비켜나셔요
자전거가 나갑니다 따르르르릉
저기 가는 저 사람 조심하셔요
어물어물하다가는 큰일 납니다

2
따르릉 따르릉 이 자전거는
울 아버지 장에 갔다 돌아오실 때
꼬부랑꼬부랑 고개를 넘어
비탈길로 스르르르 타고 온대요

---

*1933년 발표 당시에는 '찌르릉 찌르릉'이었던 가사가 '따르릉 따르릉'으로, '저기 가는 저 영감'이 '저기 가는 저 사람'으로 변경되었다.

김정옥, 자전거, 74×97cm, 장지에 먹, 2023

산바람 강바람

작사 윤석중
작곡 박태현

1936

1

산 위에서 부는 바람 서늘한 바람
그 바람은 좋은 바람 고마운 바람
여름에 나무꾼이 나무를 할 때
이마에 흐른 땀을 씻어 준대요

2

강가에서 부는 바람 시원한 바람
그 바람도 좋은 바람 고마운 바람
사공이 배를 젓다 잠이 들어도
저 혼자 나룻배를 저어 간대요

기찻길 옆

작사 윤석중
작곡 윤극영

1940

1

기찻길 옆 오막살이 아기 아기 잘도 잔다

칙 폭 칙칙 폭폭 칙칙폭폭 칙칙폭폭

기차 소리 요란해도 아기 아기 잘도 잔다

2

기찻길 옆 옥수수밭 옥수수는 잘도 큰다

칙 폭 칙칙 폭폭 칙칙폭폭 칙칙폭폭

기차 소리 요란해도 옥수수는 잘도 큰다

우산

작사 윤석중
작곡 이계석

1940

이슬비 내리는 이른 아침에
우산 셋이 나란히 걸어갑니다
파란 우산 깜장 우산 찢어진 우산*
좁다란 학교 길에 우산 세 개가
이마를 마주 대고 걸어갑니다

---

*오늘날에는 '빨간 우산 파란 우산 찢어진 우산'으로 가사를 바꾸어 부르기도 한다.

3부

우리들은
자란다

1945~1959

1945년 해방을 맞이하고 우리말을 되찾으며 동요 문학은 제2의 전성기를 맞이했다. 어린이를 위한 행사 노래인 「졸업식 노래」, 「어린이날 노래」 등이 작곡되었고, 「리자로 끝나는 말」, 「옹달샘」, 「등대지기」 등 외국 동요를 번안한 곡도 널리 불렸다. 동요의 교육적 가치가 인정되면서 음악과 교육과정에도 동요가 실리게 되었다. 해방 이후에는 민족적 정서보다 희망적인 분위기가 강조되어 밝고 명랑한 분위기의 동요가 주를 이루었다.

졸업식 노래

작사 윤석중
작곡 정순철

1946

1

빛나는 졸업장을 타신 언니께
꽃다발을 한아름 선사합니다
물려받은 책으로 공부를 하여*
우리는 언니 뒤를 따르렵니다

2

잘 있거라 아우들아 정든 교실아
선생님 저희들은 물러갑니다
부지런히 더 배우고 얼른 자라서

---

*1946년 발표 당시에는 '공부를 하여'였으나 오늘날에는 '공부 잘하며'로 가사를 바꾸어 부르
고 있다.

새 나라의* 새 일꾼이 되겠습니다

3
앞에서 끌어 주고 뒤에서 밀며
우리나라 짊어지고 나갈 우리들
냇물이 바다에서 서로 만나듯
우리들도 이다음에 다시 만나세

---

* '새 나라'라는 말이 잘 쓰이지 않게 되면서 오늘날에는 '우리나라'로 바꾸어 부르기도 한다.

어머님 은혜

작사 윤춘병
작곡 박재훈

1948

1

높고 높은 하늘이라 말들 하지만
나는 나는 높은 게 또 하나 있지
낳으시고 키우시는 어머님 은혜
푸른 하늘 그보다도 높은 것 같애

2

넓고 넓은 바다라고 말들 하지만
나는 나는 넓은 게 또 하나 있지
사람 되라 이르시는 어머님 은혜
푸른 바다 그보다도 넓은 것 같애

3

산이라도 바다라도 따를 수 없는
어머님의 그 사랑 거룩한 사랑
날마다 주님 앞에 감사드리자
사랑의 어머님을 주신 은혜를*

*원래는 3절까지 지어졌으나 교과서에 2절까지만 수록되어 지금은 3절이 거의 불리지 않고 있다.

정영한, 어머님 은혜, 40.9×53cm, 캔버스에 아크릴·오일, 2023

구슬비

작사 권오순
작곡 안병원

1948

송알송알 싸리잎에 은구슬
조롱조롱 거미줄에 옥구슬
대롱대롱 풀잎마다 총총
방긋 웃는 꽃잎마다 송송송

고이고이 오색실에 꿰어서
달빛 새는 창문가에 두라고
포슬포슬 구슬비는 종일
예쁜 구슬 맺히면서 솔솔솔

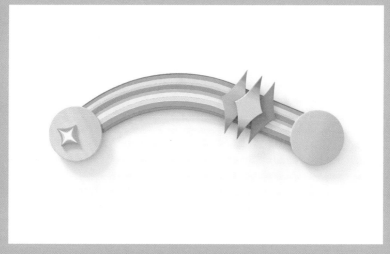

최윤정, 구슬비, 110×35cm, 자작나무 합판에 유화, 2023

어린이날 노래

작사 윤석중
작곡 윤극영

1948

1

날아라 새들아 푸른 하늘을
달려라 냇물아 푸른 벌판을
오월은 푸르구나 우리들은 자란다
오늘은 어린이날 우리들 세상

2

우리가 자라면 나라의 일꾼
손잡고 나가자 서로 정답게
오월은 푸르구나 우리들은 자란다
오늘은 어린이날 우리들 세상

최윤정, 어린이날 노래, 107.5×84cm, 자작나무 합판에 유화, 2023

눈꽃송이

작사 서덕출
작곡 박재훈

1948

1

송이송이 눈꽃송이 하얀 꽃송이
하늘에서 내려오는 하얀 꽃송이
나무에도 들판에도 동구 밖에도
골고루 나부끼네 아름다워라

2

송이송이 눈꽃송이 하얀 꽃송이
하늘에서 내려오는 하얀 꽃송이
지붕에도 마당에도 장독대에도
골고루 나부끼네 아름다워라

신하순, 눈꽃송이, 49×47cm, 장지에 수묵담채, 2023

섬집 아기

작사 한인현
작곡 이흥렬

1950

1
엄마가 섬 그늘에 굴 따러 가면
아기가 혼자 남아 집을 보다가
바다가 불러 주는 자장노래에
팔 베고 스르르르 잠이 듭니다

2
아기는 잠을 곤히 자고 있지만
갈매기 울음소리 맘이 설레어
다 못 찬 굴 바구니 머리에 이고
엄마는 모랫길을 달려옵니다

김정옥, 섬집 아기, 36×30.5cm, 장지에 먹, 2023

엄마야 누나야

작사 김소월
작곡 김광수

1950

엄마야 누나야 강변 살자
뜰에는 반짝이는 금모래빛
뒷문 밖에는 갈잎의 노래
엄마야 누나야 강변 살자

박영근, 엄마야 누나야, 130×60cm, 캔버스에 유화, 2023

눈

작사 이태선
작곡 박재훈

1950

1

펄펄 눈이 옵니다 바람 타고 눈이 옵니다
하늘나라 선녀님들이 송이송이 하얀 솜을
자꾸자꾸 뿌려 줍니다 자꾸자꾸 뿌려 줍니다

2

펄펄 눈이 옵니다 바람 타고 눈이 옵니다
하늘나라 선녀님들이 하얀 가루 떡가루를
자꾸자꾸 뿌려 줍니다 자꾸자꾸 뿌려 줍니다

겨울나무

작사 이원수
작곡 정세문

1950

1
나무야 나무야 겨울나무야
눈 쌓인 응달에 외로이 서서
아무도 찾지 않는 추운 겨울을
바람 따라 휘파람만 불고 있느냐

2
평생을 살아 봐도 늘 한 자리
넓은 세상 얘기도 바람께 듣고
꽃 피던 봄 여름 생각하면서
나무는 휘파람만 불고 있구나

신하순, 겨울나무—눈 오는 날의 교정 풍경, 145×74cm, 장지에 수묵, 2009

어린이 왈츠

작사 원치호
작곡 권길상

1951

꽃과 같이 고웁게
나비같이 춤추며
아름답게 크는 우리
무럭무럭 자라서
이 강산을 꾸미면
웃음의 꽃 피어나리

과꽃

작사 어효선
작곡 권길상

1953

1
올해도 과꽃이 피었습니다
꽃밭 가득 예쁘게 피었습니다
누나는 과꽃을 좋아했지요
꽃이 피면 꽃밭에서 아주 살았죠

2
과꽃 예쁜 꽃을 들여다보면
꽃 속에 누나 얼굴 떠오릅니다
시집간 지 온 삼 년 소식이 없는
누나가 가을이면 더 생각나요

꽃밭에서

작사 어효선
작곡 권길상

1953

1

아빠하고 나하고 만든 꽃밭에
채송화도 봉숭아도 한창입니다
아빠가 매어 놓은 새끼줄 따라
나팔꽃도 어울리게 피었습니다

2

애들하고 재밌게 뛰어놀다가
아빠 생각나서 꽃을 봅니다
아빠는 꽃 보며 살자 그랬죠
날 보고 꽃같이 살자 그랬죠

IMAGE

The Moment
will Never End

정영한, 꽃밭에서, 72.7×90.9cm, 캔버스에 아크릴·오일, 2023

금강산

작사 강소천
작곡 나운영

1953

1

금강산 찾아가자 일만 이천 봉

볼수록 아름답고 신기하구나

철 따라 고운 옷 갈아입는 산

이름도 아름다워 금강이라네 금강이라네

2

금강산 보고 싶다 다시 또 한번

맑은 물 굽이쳐 폭포 이루고

갖가지 옛이야기 가득 지닌 산

이름도 찬란하여 금강이라네 금강이라네

메아리

작사 유치환
작곡 김대현

1954

1

산에 산에 산에는 산에 사는 메아리

언제나 찾아가서 외쳐 부르면

반가이 대답하는 산에 사는 메아리

벌거벗은 붉은 산엔 살 수 없어 갔다오

산에 산에 산에다 나무를 심자

산에 산에 산에다 옷을 입히자

메아리가 살게시리 나무를 심자

2

메아리 메아리 메아리가 사는 곳

언제나 찾아가서 외쳐 불러도

아무도 대답 없는 벌거숭이 붉은 산

메아리도 못 살고서 가 버리고 없다오

산에 산에 산에다 나무를 심자

산에 산에 산에다 옷을 입히자

메아리가 살게시리 나무를 심자

나뭇잎 배

작사 박홍근
작곡 윤용하

1955

1

낮에 놀다 두고 온 나뭇잎 배는
엄마 곁에 누워도 생각이 나요
푸른 달과 흰 구름 둥실 떠 가는
연못에서 사알살 떠다니겠지

2

연못에다 띄워 논 나뭇잎 배는
엄마 곁에 누워도 생각이 나요
살랑살랑 바람에 소근거리는
갈잎 새를 혼자서 떠다니겠지

김정옥, 나뭇잎 배, 77×50cm, 장지에 먹, 2023

김정옥, 나뭇잎 배, 79×46cm, 장지에 먹, 2023

꼬마 눈사람

작사 강소천
작곡 한용희

1955

1

한겨울에 밀짚모자 꼬마 눈사람
눈썹이 우습구나 코도 삐뚤고
거울을 보여 줄까 꼬마 눈사람

2

하루 종일 우두커니 꼬마 눈사람
무엇을 생각하고 혼자 섰느냐
집으로 들어갈까 꼬마 눈사람

파란 마음 하얀 마음

작사 어효선
작곡 한용희

1956

1

우리들 마음에 빛이 있다면
여름엔 여름엔 파랄 거예요
산도 들도 나무도 파란 잎으로
파랗게 파랗게 덮인 속에서
파아란 하늘 보고 자라니까요

2

우리들 마음에 빛이 있다면
겨울엔 겨울엔 하얄 거예요
산도 들도 지붕도 하얀 눈으로
하얗게 하얗게 덮인 속에서
깨끗한 마음으로 자라니까요

고향 땅

작사 윤석중
작곡 한용희

1956

1
고향 땅이 여기서 얼마나 되나
푸른 하늘 끝 닿은 저기가 거긴가
아카시아 흰 꽃이 바람에 날리니
고향에도 지금쯤 뻐꾹새 울겠네

2
고개 넘어 또 고개 아득한 고향
저녁마다 놀 지는 저기가 거긴가
날 저무는 논길로 휘파람 불면서
아이들도 지금쯤 소 몰고 오겠네

초록 바다

작사 박경종
작곡 이계석

1958

초록빛 바닷물에 두 손을 담그면
초록빛 바닷물에 두 손을 담그면
파란 하늘빛 물이 들지요
어여쁜 초록빛 손이 되지요
초록빛 여울물에 두 발을 담그면
물결이 살랑 어루만져요
물결이 살랑 어루만져요

봄비

작사 김요섭
작곡 윤용하

1950년대

솔솔 봄비가 내렸다
나무마다 손자국이 보이네
아 어여쁜 초록 손자국
누구 누구 손길일까 나는 알지
아무도 몰래 어루만진 봄님의 손길

솔솔 봄비가 내렸다
뜨락에는 발자국이 보이네
아 어여쁜 초록 발자국
누구 누구 발자국일까 나는 알지
아무도 몰래 어루만진 봄님의 발자국

76

신하순, 봄비, 49×47cm, 장지에 수묵 채색, 2023

4부

우리가 되어
힘차게

1960~

1960년대 이후 동요의 문학적 가치에 대한 반성과 성찰이 이루어졌다. 동요와 동시를 문학적으로 구분 지으며, 동요는 단순 노랫말로 여겨져 신춘문예나 문예지에서 등단 부문이 사라지기에 이르렀다. 그러나 아동문학인들이 뜻을 모아 동요 창작과 보급에 힘썼다. 1983년에는 MBC에서 최초의 창작동요제가 열렸으며, 합창단, 대중 가수 등 다양한 사람들이 동요를 불러 동요는 어린이만을 위한 노래가 아닌 동심의 노래로 인식되기 시작했다.

꼬까신

작사 최계락
작곡 손대업

1960

개나리 노란 꽃그늘 아래
가지런히 놓여 있는 꼬까신 하나
아기는 사알짝 신 벗어 놓고
맨발로 한들한들 나들이 갔나
가지런히 기다리는 꼬까신 하나

IMAGE

The Precious Childhood Memory

정영한, 꼬까신, 40.9×53cm, 캔버스에 아크릴·오일, 2023

바닷가에서

작사 장수철
작곡 이계석

1960

1

해당화가 곱게 핀 바닷가에서
나 혼자 걷노라면 수평선 멀리
갈매기 한두 쌍이 가물거리네
물결마저 잔잔한 바닷가에서

2

저녁놀 물드는 바닷가에서
조개를 잡노라면 수평선 멀리
파란 바닷물은 꽃무늬지네
모래마저 금 같은 바닷가에서

83

IMAGE

Peaceful Time
in the Soul

정영한, 바닷가에서, 72.7×90.9cm, 캔버스에 아크릴·오일, 2023

스승의 은혜

작사 강소천
작곡 권길상

1965

1

스승의 은혜는 하늘 같아서

우러러볼수록 높아만 지네

참되거라 바르거라 가르쳐 주신

스승은 마음의 어버이시다

아아 고마워라 스승의 사랑

아아 보답하리 스승의 은혜

2

태산같이 무거운 스승의 사랑

떠나면은 잊기 쉬운 스승의 은혜

어디 간들 언제인들 잊사오리까

마음을 길러 주신 스승의 은혜

아아 고마워라 스승의 사랑
아아 보답하리 스승의 은혜

3
바다보다 더 깊은 스승의 사랑
갚을 길은 오직 하나 살아생전에
가르치신 그 교훈 마음에 새겨
나라 위해 겨레 위해 일하오리다
아아 고마워라 스승의 사랑
아아 보답하리 스승의 은혜

박영근, 스승의 은혜, 60.6×72.7cm, 캔버스에 유화, 2023

방울꽃

작사 임교순
작곡 이수인

1965

1

아무도 오지 않는 깊은 산속에
쪼로롱 방울꽃이 혼자 폈이요
산새들 몰래몰래 꺾어 갈래도
쪼로롱 소리 날까 그냥 둡니다

2

산바람 지나가다 건드리면은
쪼로롱 방울 소리 쏟아지겠다
산노루 울음소리 메아리치면
쪼로롱 방울 소리 쏟아지겠다

박영근, 방울꽃, 45.5×53cm, 캔버스에 유화, 2023

가을 길

작사 김규환
작곡 김규환

──────────

1970

1

노랗게 노랗게 물들었네 빨갛게 빨갛게 물들었네

파랗게 파랗게 높은 하늘 가을 길은 고운 길

트랄 랄랄라 트랄 랄랄라 트랄 랄랄랄라 노래 부르며

산 넘어 물 건너 가는 길 가을 길은 비단 길

2

노랗게 노랗게 물들었네 빨갛게 빨갛게 물들었네

파랗게 파랗게 높은 하늘 가을 길은 고운 길

트랄 랄랄라 트랄 랄랄라 트랄 랄랄랄라 소리 맞추어

숲속의 새들이 반겨 주는 가을 길은 우리 길

최윤정, 가을 길, 60×96cm, 자작나무 합판에 유화, 2023

과수원 길

작사 박화목
작곡 김공선

1972

동구 밖 과수원 길 아카시아꽃이 활짝 폈네
하이얀 꽃 이파리 눈송이처럼 날리네
향긋한 꽃 냄새가 실바람 타고 솔솔
둘이서 말이 없네 얼굴 마주 보며 쌩긋
아카시아꽃 하얗게 핀 먼 옛날의 과수원 길

향긋한 꽃 냄새가 실바람 타고 솔솔
둘이서 말이 없네 얼굴 마주 보며 쌩긋
아카시아꽃 하얗게 핀 먼 옛날의 과수원 길
과수원 길

김선두, 과수원 길, 135×90cm, 장지에 먹 분채, 2023

새싹들이다

작사 좌승원
작곡 좌승원

1983

1
마음을 열어 하늘을 보라 넓고 높고 푸른 하늘
가슴을 펴고 소리쳐 보자 우리들은 새싹들이다
푸른 꿈이 자란다 곱고 고운 꿈
두리둥실 떠간다 구름이 되어
너른 벌판을 달려 나가자 씩씩하게 나가자
어깨를 걸고 함께 나가자 발맞춰 나가자

2

마음을 열어 하늘을 보라 넓고 높고 푸른 하늘
가슴을 펴고 소리쳐 보자 우리들은 새싹들이다
해님 되자 달님 되자 별님이 되자
너른 세상 불 밝힐 큰 빛이 되자
무지개 빛깔 아름다운 꿈 모두 우리 차지다
너와 나 함께 우리가 되어 힘차게 나가자

신하순, 새싹들이다,
117×89cm, 장지에 수묵 채색, 2023

노을

작사 이동진
작곡 최현규

1984

바람이 머물다 간 들판에 모락모락 피어나는 저녁 연기
색동옷 갈아입은 가을 언덕에 빨갛게 노을이 타고 있어요
허수아비 팔 벌려 웃음 짓고 초가지붕 둥근 박 꿈꿀 때
고개 숙인 논밭의 열매 노랗게 익어만 가는

가을바람 머물다 간 들판에 모락모락 피어나는 저녁 연기
색동옷 갈아입은 가을 언덕에 붉게 물들어 타는 저녁놀

박영근, 노을, 53×45.5cm, 캔버스에 유화, 2023

산마루에서

작사 신현득
작곡 김종한

1986

산마루에서 외쳐 보자 야호 야호 야하호
나무들이 노래한다 야호 야호 야하호
새소리 물소리가 골짜기에 차고
바람에 푸른 잎이 깃발이 되네
산마루에서 외쳐 보자 야호 야호 야하호
나무들이 노래한다 야호 야호 야하호

김선두, 산마루에서, 53×45.5cm, 캔버스에 유채, 2023

숲속을 걸어요

작사 유종슬
작곡 정연택

1986

1

숲속을 걸어요 산새들이 속삭이는 길

숲속을 걸어요 꽃향기가 그윽한 길

해님도 쉬었다 가는 길 다람쥐가 넘나드는 길

정다운 얼굴로 우리 모두 숲속을 걸어요

2

숲속을 걸어요 맑은 바람 솔바람 이는

숲속을 걸어요 도랑물이 노래하는 길

달님도 쉬었다 가는 길 산노루가 넘나드는 길

웃음 띤 얼굴로 우리 모두 숲속을 걸어요

이슬

작사 김동호
작곡 김동호

1988

1

호롱 호롱 호롱 산새 소리에 잠 깨어 뜰로 나가니

풀잎마다 송송이 맺힌 이슬 아름다워

은 쟁반에 가득 담아 아가 옷 지어 볼까

색실에 곱게 끼워 엄마 목걸이 만들까

호롱 호롱 호롱 산새 소리에 잠 깨어 뜰로 나가니

풀잎마다 송송이 맺힌 이슬 아름다워

2

호롱 호롱 호롱 산새 소리에 잠 깨어 뜰로 나가니

꽃잎마다 송송이 맺힌 이슬 아름다워

편지 속에 가득 넣어 해님께 보내 볼까

햇살에 곱게 달아 구름에 매어 띄워 볼까

호롱 호롱 호롱 산새 소리에 잠 깨어 뜰로 나가니

꽃잎마다 송송이 맺힌 이슬 아름다워

하늘나라 동화

작사 이강산
작곡 이강산

1991

1

동산 위에 올라서서 파란 하늘 바라보며
천사 얼굴 선녀 얼굴 마음속에 그려 봅니다
하늘 끝까지 올라 실바람을 끌어안고
날개 달린 천사들과 속삭이고 싶어라

2

동산 위에 올라서서 파란 하늘 바라보며
천사 얼굴 선녀 얼굴 마음속에 그려 봅니다
하늘 끝까지 올라 실바람을 끌어안고
아름다운 선녀들과 뛰어놀고 싶어라

정영한, 하늘 나라 동화, 60.6×90.9cm, 캔버스에 아크릴, 2023

라일락은 향기로 말해요

작사 이내경
작곡 김정철

2004

라일락은 향기로 말해요

라일락은 향기로 말해요

라일락 핀 나무 밑을 지나노라면

솔솔 가슴에 스며 오는

솔솔 가슴에 스며 오는

보랏빛 향기 내 마음을 흔들어요

라일락은 향기로 말해요

라일락은 향기로 말해요

라일락 핀 나무 밑을 그냥 지나노라면

살랑살랑 코끝을 간질이는

살랑살랑 코끝을 간질이는

싱그러운 향기 발걸음을 멈추게 해요

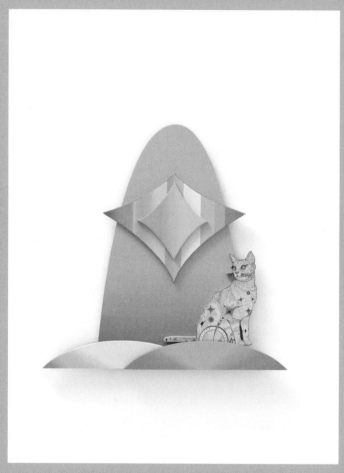

최윤정. 라일락은 향기로 말해요, 68×67cm, 자작나무 합판에 유화, 2023

연어야 연어야

작사 주유미
작곡 주유미

2008

1

푸르른 강물 거슬러 헤엄치는 연어야

너의 맑은 눈빛이 참 아름답구나

부푼 가슴 설레임 입가에 머금고

힘차게 오르는 너의 길 따라

나도 함께 가고파 노래하며 가고파

연어야 연어야 연어야 노래하며 가고파

2

푸르른 강물 거슬러 헤엄치는 연어야

너의 힘찬 몸짓이 참 든든하구나

막막한 두려움 마음에 숨기고

끝없이 오르는 너의 길 따라

나도 함께 가고파 노래하며 가고파

연어야 연어야 연어야 노래하며 가고파

노래하며 가고파

꼭 안아 줄래요

작사 한경아
작곡 윤학준

2015

꼭 안아 줄래요 내 친구 아픈 마음을
내가 속상할 때 누군가 그랬던 것처럼
친구의 잘못은 따뜻한 용서로 안아 주고
친구의 실수도 이해로 안아 줄래요
어쩌다 생긴 미움은 어떡할까
사랑으로 사랑으로 안아 줄래요

꼭 안아 줄래요 따뜻한 마음으로
꼭 안아 주세요 포근한 마음으로
행복꽃이 활짝 우리들 마음에 피어나게
꼭 안아 줄래요 내 친구를 꼭 안아 줄래요

꼭 안아 줄래요 따뜻한 마음으로
꼭 안아 주세요 포근한 마음으로
행복꽃이 활짝 우리들 마음에 피어나게
꼭 안아 줄래요 내 친구를 꼭 안아 줄래요
내 친구를 꼭 안아 줄래요

김선두, 꼭 안아 줄래요, 53×45.5cm, 장지에 먹 분채, 2023

1923년 5월 1일 《동아일보》에 실린 어린이해방선언문. 「어른에게 드리는 글」, 「어린 동무들에게」가 실려 있으며 「소년 운동의 기초 조항」도 함께 실렸다.

「어른에게 드리는 글」

일. 어린이를 내려다보지 마시고 쳐다봐 주시오.

일. 어린이를 늘 가까이하여 자주 이야기하여 주시오.

일. 어린이에게 경어를 쓰시되 늘 부드럽게 하여 주시오.

일. 이발이나 목욕, 의복 같은 것을 때맞춰 하도록 하여 주시오.

일. 잠자는 것과 운동하는 것을 충분히 하게 하여 주시오.

일. 산보와 나들이 같은 것을 가끔 시켜 주시오.

일. 어린이를 책망하실 때에는 쉽게 화만 내지 마시고 자세히 타일러 주시오.

일. 어린이들이 서로 모여 즐겁게 놀 만한 놀이터나 기관 같은 것을 지어 주시오.

일. 대우주의 뇌신경의 말초는 늙은이에게 있지 아니하고, 젊은이에게도 있지 아니하고,
오직 어린이 그들에게만 있는 것을 늘 생각해 주시오.

「어린 동무들에게」

일. 돋는 해와 지는 해를 반드시 보기로 합시다.

일. 어른에게는 물론이고 당신들끼리도 서로 존대하도록 합시다.

일. 뒷간이나 담벽에 글씨를 쓰거나 그림 같은 것을 그리지 말기로 합시다.

일. 길가에서 떼를 지어 놀거나 유리 같은 것을 버리지 말기로 합시다.

일. 꽃이나 풀을 꺾지 말고 동물을 사랑하기로 합시다.

일. 전차나 기차에서는 어른에게 자리를 양보하기로 합시다.

일. 입은 꼭 다물고 몸은 바르게 가지기로 합시다.

「소년 운동의 기초 조항」

일. 어린이를 재래의 윤리적 압박으로부터 해방하여 그들에게 대한 완전한 인격적 예우
를 허하게 하라.

이. 어린이를 재래의 경제적 압박으로부터 해방하여 만 십사 세 이하의 그들에게 대한
무상 또는 유상의 노동을 폐하게 하라.

삼. 어린이 그들이 고요히 배우고 즐거이 놀기에 족할 각양의 가정 또는 사회적 시설을
행하게 하라.

한국인이 사랑하는 동요,
내 마음의 노래

—한국 현대 동요의 출현과 그 흐름을 중심으로

김용희(아동문학평론가)

민족 정서가 깃든 내 마음의 노래

동요를 가리켜 흔히 '마음의 고향'이라거나 '내 마음의 노래'라고
들 한다. 동요는 어린이에게 즐거움과 해맑은 꿈을 주고, 어른에게
는 아련한 향수에 젖어 들게 하기 때문이다. 동요에는 민족의 숨결
이나 민족적 정서가 자연스럽게 스며들기 마련이다. 동요에 담긴
이러한 정서적 친근감은 우리를 동심이라는 인간 본성으로 되돌리
는 힘을 지닌다.

동요는 한국 아동문학의 뿌리이자 현대 동시 문학 장르의 시발
점이다. 현대 동요는 1920년대부터 정형률에 동심의 정서를 담는
정형시 개념으로 널리 창작되었고, 서정적 곡조를 얻어 오래도록

애창되었다. 동요 문학이 일찍이 노랫말이 될 수 있었던 것은 외형률에 의한 분절(分節)과 대구(對句)로 이루어진 형식적 특성 때문이다. 분절은 노래의 단위이고, 대구는 첫 절을 기준으로 둘째 절과 대칭이 되도록 글자 수를 맞추는 구성 방법이다. 얼마나 좋은 대구를 이루어 놓는가, 혹은 앞 절과 다음 절이 무리 없이 유기적 통일성을 갖는가는 동요 창작에 따르는 제약이자 동요라는 장르의 묘미다. 동요는 이처럼 노래를 전제한 운문이기 때문에 내용도 노래의 조건을 따른다.

　동요가 노래로서 갖는 고유의 특성은 정서적 친숙함이다. 친숙함은 쉬워야 한다는 전제 조건이 있다. 시는 어렵더라도 여러 번 다시 읽고 여러 가지 뜻으로 의미를 따져보면서 이해할 수 있지만, 노랫말은 그렇지 못하다. 멜로디를 따라 듣다가 중간에 의미를 파악하지 못하고 놓치면, 그 뒷부분을 앞의 내용과 연결하여 바로 이해하기가 곤란한 까닭이다. 그만큼 노래는 전달성이 생명이어서 시처럼 이미지, 상징, 은유가 깊이 개입될 여지가 없다. 따라서 동요는 전달이 용이한 이야기의 성질을 띠고 있어야 한다. 이것이 동요의 숙명적 체질이다. 뛰어난 동시가 선명한 이미지나 정서 혹은 의미로 남듯이, 좋은 노랫말은 노래하는 동안 그 내용이 이해되고 마음으로 전달된다. 그래서 현실을 직설적으로 제시하거나 깊이 생각해야 알 수 있는 내용보다 자연물에 대한 재미와 계절 감각, 생동

감 있는 내용, 정서가 밖으로 발산되는 동요가 작곡가의 눈에 들기 쉽다. 동요는 짤막한 내용 속에 상상이 가능한 풍부한 이야기와 정서가 담겨 있으며, 자아와 세계의 동일화를 갈망하는 서정 양식이다.

이 같은 동요의 특성 때문에, 시작(詩作) 기법을 모르는 어린이나 청소년들도 일정한 형식에 맞춰 동요를 창작할 수 있었다. 덕분에 1923년 창간된 《어린이》 등 아동문예지와 일간지에는

《어린이》 창간호(1923. 3. 20) 표지 겸 1면

어린이 청소년 독자들의 동요 투고가 활발하게 이어졌고, 소년 문사들의 등단 관문이 되면서 동요는 아동문학의 대표 장르로 확고히 자리 잡았다.

반면 동시는 문학에 관심이 깊은 일본 유학생들이 창작하기 시작했다. '동시'라는 장르 명칭은 한국문학사에는 1923년, 아동문학사에는 1926년에 처음 나타났다. 동인지 《금성》 창간호(1923년 11월)에 백기만이 「靑개고리」, 손진태가 「별똥」과 「달」을 동시라는 장르명으로 선보인 것이 처음이었다. 이듬해 손진태가 《금성》 3호(1924년 5월)에 「옵바, 인제는 그만 도라오세요」 외 1편을 발표했는데, 「옵바,

인제는 도라오세요」를 《어린이》 36호(1926년 1월)에 장르명을 붙여 재수록하면서 아동문학지에도 '동시'라는 장르명이 등장하게 되었다. 그럼에도 1920년대에는 동요, 동시라는 개념에 대한 뚜렷한 이해 없이 어린이를 위한 시나 노래에 모두 일반성을 띤 포괄적인 무표(無標)의 개념으로 '동요'라는 용어를 썼다.

동요의 생명은 작곡가에게 신선한 곡을 얻어 널리 불리는 데에 있다. 이는 창작동요의 또 다른 매력이다. 하지만 동요의 이런 특징은 급속도로 변화하는 현대사회의 시대 현실에서 동요가 아동문학 장르로 인정받지 못하고 쇠퇴하게 한 요인이 되었다. 1920년대에 한국 아동문학의 황금기를 구가하며 주류를 형성하던 동요가 1960년대 이후에는 급격히 동시와 동시조에 밀려나고 말았다. 작곡되어 널리 불려야 온전한 동요로서 생명을 유지할 수 있는 노랫말이 갖는 문학적 한계였다.

동요 문학의 황금시대

현대 동요의 온전한 형태를 처음 선보인 작품은 《붉은 져고리》 2호(1913년 1월)에 실린 육당 최남선의 「바둑이」다.

우리 집 바둑이는 어여쁘지요
아침마다 학교에 가는 때 되면

문밖에 대령했다 앞장 나서서

경둥둥 동구까지 뛰어나와요

　　　　—최남선, 「바둑이」 1절

　최남선은 1911년 《소년》이 폐간당한 뒤° 1913년 1월 순한글 표기의 아동잡지 《붉은 져고리》(통권 12호)를 펴냈고, 그해 9월에 《아이들보이》(통권 12호)와 《새별》(통권 16호)을 연이어 창간했다. 《붉은 져고리》는 "붉은 져고리 입는 이들의 귀염 밧는 동무"(붉은 저고리 입는 아이들의 귀여움 받는 동무)를 위한 아동지로, 동요와 "조미잇는 이야이"(재미있는 이야기)가 실려 있다. 4행 4절로 구성된 동요 「바둑이」는 어린이와 강아지의 끈끈한 유대감을 노래한다. 화자가 학교에 갈 때면 강아지가 먼저 알고 동구까지 앞장서서 뛰어나간다는 표현에 그 친밀감이 잘 드러나 있다. 특히 이 동요는 "경둥둥 동구까지 뛰어나와요"에서 보듯, 7·5조의 음수율을 의도적으로 맞춘 특

《소년》이 폐간당한 뒤 최남선이
1913년에 펴낸 잡지 《붉은 져고리》

°1908년 11월 1일 최남선이 주재하여 창간한 잡지로 우리나라 최초의 월간지다. 청소년을 대상으로 한 계몽 잡지였으며, 1911년 1월 일제의 압력으로 폐간당했다.

징을 보인다. 최남선이 선보인 이 7·5조 4행의 동요 형식은 우리의 전통 가락인 4·4조와 더불어 《어린이》를 통해 출현한 창작동요의 모방 모델이 되었다.

《어린이》는 1923년 3월 소파 방정환에 의해 창간된 어린이문예지다. 《어린이》는 1924년 신년호부터 '3대 현상(懸賞)' 광고를 실었는데 그중 하나가 '작문, 편지글, 일기문, 동화, 동요의 독자 작품 대모집'이었다. 특히 방정환은 《어린이》에 매호 4·4조, 7·5조의 동요와 악보를, 때때로 동요 이론 등을 실으며 동요 장르 개척에 온 힘을 기울였다. 1924년 신년호에는 "곡보는 다음 책에 남니다"라는 문구를 붙여 윤극영의 4절 동요 「설날」을 발표했고, 2월호에는 「설날」 악보와 류지영 동요 「고드름」의 악보를 실었다. 또한 류지영의 「동요를 지으려는 분쯰」(1924년 2월호), 「동요 짓는 법」 등 이론도 게재하며 어린이 독자들에게 동요 쓰기를 적극 권장했다. 그 결과

색동회 창립 회원들. 조재호, 고한승, 방정환, 진장섭, 손진태, 윤극영, 정병기, 정순철(앞줄 왼쪽에서부터 반시계 방향)

1924년 신년호 광고를 보고 투고한 동요 작품 중 입상 동요를 같은 해 2월부터 류지영의 첨삭선(添削選)으로 발표하기 시작했다. 특히 윤극영은 도쿄 유학 시절 방정환을 만나 아동 문화 운동 단체인 색동회(1923년 5월 창립) 동지로

활약하며 1924년부터 활발히 동요를 창작했다.

　　짜치 짜치 설날은 어적께구요

　　우리 우리 설날은 오늘이래요

　　곱고 고흔 댕기도 내가 들이고

　　새로 사온 구두도 내가 신어요

　　우리 언니 저고리 노랑 저고리

　　우리 동생 저고리 색동저고리

　　아비지 어머니도 호사 내시고

　　우리들의 절밧제 조와허서요

　　　—윤극영 작요* 작곡, 「설날」,《어린이》1924년 2월호

　　푸른 한울 은하물 하얀 쪽배엔

　　게수나무 한나무 톡기 한 머리

　　돗대도 아니달고 삿대도 업시

　　가기도 잘도 간다 서쪽나라로

-----

*처음 우리나라에 창작동요가 지어지던 시기, 동요 시인이 쓴 글은 '동요', 작곡가가 지은 곡은 '동요곡'이라고 지칭했다. 따라서 노랫말로 불리는 글을 쓴 것을 '작사' 대신 '작요'라고 표기했다.

은하물을 건너서 구름 나라로

구름 나라 지나선 어대로 가나

멀리서 반짝반짝 빗초이는 것

샛-별 등대란다 길을 차저라.

—윤극영 작요 작곡, 「반달」, 《어린이》 1924년 11월호[*]

「설날」은 작곡가를 명시하여 널리 애창된 우리나라 최초의 현대 창작동요다. 발표 당시, 명절 및 계절 감각에 맞춰 《어린이》 1월호와 2월호에 게재하였다. 「설날」은 동요 구성법에 있어서도 의미가 깊다. 전체 4절로 이루어져 있는데, 1절에서 '나의 설날'을, 2절에서 '우리 집 설날'을, 3절에서 '나와 우리의 설날'을 그리고 4절에서 '우리 동네 설날'을 노래하여 절마다 의미를 확장하는 대칭법으로 전개하며 설날의 분위기를 잘 전달한다. 윤극영은 연이어 1924년 3월호에 「짜막잡기」(박팔양 작요), 5월호에 「봄」(윤양모 작요)을 발표하고, 11월호 1면에는 '신동요'라고 명칭을 붙인 「반달」 동요와 악보를 게재했다. 「반달」을 '신동요'라 한 것은 그가 발표한 일련의 동요들과 특별히 구별되기 때문이다. 1절과 2절로 나누어 담으며 유기적 통일성을 지닌 연작법 구성, 동화적 상상력을 끌어온 비유

---

[*]「설날」과 「반달」은 초창기 한국 창작동요가 어떠한 모습으로 출현했는지를 보여 주기 위해 첫 발표지 원본을 그대로 실었다.

적인 표현이 그렇다.

「반달」은 윤극영이 큰 누나가 세상을 떠났다는 전보를 받고 만든 노래라고 한다. 윤극영의 누나는 양반집 며느리로 시집가서 20년이 넘도록 친정에 발 한번 들이지 못하고 채 마흔이 되기도 전에 세상을 떠났는데, 그 소식을 듣고 올려다본 하늘에 아물아물 떠 있는 반달에서 착상했다는 것이다. 그때 그는 "돌아간 누님이 반달로 화신, 잠시 하늘에 그 항적(航跡)을 나타내었음이 아니었나." 하는 생각이 들면서 노랫말이 마련되고, 뒤에 곡조가 만들어졌다고 했다.[*]

즉, 「반달」은 그리운 누나의 죽음에 그 시대 여성들이 겪은 아픔이 겹쳐지고, 거기에 나라 잃은 설움이 더해지면서 가슴에 맺혔던 슬픔이 자연스럽게 우러나온 노래인 것이다. 하지만 「반달」 어디에도 정작 시작의 모티브가 된 누나에 대한 이야기는 없다. 그는 슬픔을 직설적으로 표현하지 않고, 달에 계수나무가 있고 옥토끼가 산다는 동화적 상상력을 끌어와 시적 비유로 노래했다. 그 '반달' 속에 잠재한 누나는 당시 한국 여성이라는 보편성을 지닌 인물이며, 무명치마에 눈물을 닦으며 살아온 겨레로 승화되었다.

윤극영은 겨레의 운명을 보일 듯 말 듯 떠 있는 반달에 비유하며 나라 잃은 어두운 현실에도 샛별 등대에 의지하여 길을 찾아가라는

---

[*]윤극영, 「반달은 비정인가」, 《세대》, 1967년 1월, 305쪽.

희원을 노래한다. 샛별 등대는 곧 희망의 불빛인 것이다. 「반달」에는 어두운 현실에도 결코 절망할 수 없는 우리 겨레의 희망이 담겨 있다. 그런 면에서 「반달」은 민족의 운명을 반달에 빗대어 노래한 최초의 순수 창작동요이자 새로운 동요라고 할 수 있다. 윤극영은 그 뒤 '다알리아회'라는 창작동요 보급 단체를 만들어 「따오기」(한정동 작요) 등 자신이 작곡한 동요들을 어린이들에게 가르쳤다. 1926년에 출간된 우리나라 최초의 동요곡집 『반달』이 그 결실이었다.

1925년부터는 《어린이》에 입상 동요로 뽑힌 소년 문사들의 작품이 등단작이 되어 아동문단을 형성하면서 '동요의 황금시대'를 구가하게 되었다. 윤석중의 「오뚝이」(1925년 4월), 서덕출의 「봄 편지」(1925년 4월), 최순애의 「오빠 생각」(1925년 11월), 이원수의 「고향의 봄」(1926년 4월) 등이 《어린이》 입선작이다. 이 동요들은 1920년대 말 당대 쟁쟁한 작곡가들에 의해 곡이 붙여져 널리 애창되었다.

그 가운데 윤석중은 동요 문학에서 가장 두드러지게 활약한 천부적인 동요 시인이다. 그는 《어린이》에 자극받아 등사판 잡지 《꽃밭》을 내고 '기쁨사'라는 독서회를 만들어 잡지 《기쁨》을 꾸며냈으며, 《굴렁쇠》라는 회람잡지를 만들어 전국으로 돌리기도 했다. 《굴렁쇠》의 회람 동인으로는 《어린이》 단골 투고자들인 대구의 윤복진, 언양의 신고송, 울산의 서덕출, 수원의 최순애, 마산의 이원수, 안주의 최경화 등이 있었다.

나의 살던 고향은 꽃 피는 산골
복숭아꽃 살구꽃 아기 진달래
울긋불긋 꽃대궐 차린 동네
그 속에서 놀던 때가 그립습니다

꽃 동네 새 동네 나의 옛 고향
파란 들 남쪽에서 바람이 불면
냇가에 수양버들 춤추는 동네
그 속에서 놀던 때가 그립습니다

— 이원수 작요, 홍난파 작곡, 「고향의 봄」

「고향의 봄」은 《어린이》에 투고하여 상으로 은메달을 받은 입상
동요이자 이원수*의 등단작이다. 이때 그의 나이 열다섯으로 마산
공립보통학교 5학년이었다. 「고향의 봄」은 그가 어린 시절에 살았
던 동네의 봄 정경을 그린 동요다. 2절의 "꽃 동네 새 동네 나의 옛
고향"은 경남 창원 소답리로 그가 여섯 살 무렵 살았던 새터 새 동

---

*해방 전에는 주로 동요와 동시를, 해방 이후에는 동화와 소년소설을 쓴 대표적 아동문
학가. 1935년 2월 함안 독서회 사건으로 투옥되는 등 항일 정신을 보였으나, 1942년 일
제강점기 말기에 함안금융조합에 근무하면서 친일 동시 「지원병을 보내며」, 「낙하산」
등을 발표하였다. 시인의 생애에 반성할 점이 있음에도 불구하고, 아동문학을 일군 공
적이 커 문학적 성취라는 측면에서 그의 작품은 현재까지 다뤄지고 있다.

네다. 즉, 「고향의 봄」은 그가 청소년기에 유년 시절 살던 곳을 회상하며 쓴 동요라 할 수 있다. 지나간 시절은 아쉬운 그리움에 의해 미화되기 마련이다. 그의 기억 속에 남아 있는 어린 시절 '고향의 봄'은 갖가지 꽃들이 피어나 "꽃대궐"을 이루고 "그 속에서 놀던 때가" 마냥 그리운, 어떠한 분열도 갈등도 없는 곳이다. 이런 자아와 세계의 일원화는 우리 인간의 원초적 향수이며, 누구나 꿈꾸고 갈망하는 고향의 모습이다. 하지만 1, 2절에 반복된 "그립습니다"라는 서술어는 그와 다른 세계, 곧 현재 시인이 처한 현실을 대변한다. 그래서 「고향의 봄」은 대칭법 구성으로 반복하여 강조된 "그 속에서 놀던 때"의 그리운 갈망이 겨레의 설움으로 동일화되어 오래도록 널리 애창될 수 있었다.

1920년대에 이룬 동요의 황금기는 어린이문예지와 일간지에 적극적으로 투고한 소년 문사들과 이에 가세한 작곡가들이 함께 거둔 성과였다. 1929년 정순철은 윤석중의 동요 「우리 애기 행진곡(짝자꿍)」을 포함해 열 곡을 묶어 첫 동요 작곡집 『갈닙 피리』를 펴냈고, 홍난파는 1929년 『조선 동요 100곡집』을 등사판으로 냈다가 1931년 상권, 1933년 하권을 오프셋인쇄로 출간하였다.

윤석중의 동요 「오뚜기」, 「맴맴」 등을 작곡한 박태준은 1929년 첫 동요곡집 『중중 때때중』을, 1931년에는 『양양범버꿍』을 간행했다. 어린이 문화 운동을 이끈 색동회의 윤극영, 정순철과 당대 쟁쟁한 음악가 홍난파, 박태준 등이 동요 시인들과 힘을 합쳐 동요 창작과 보급에 앞장서면서 창작동요가 동시 문학의 주류를 형성했다. 이것은 일제강점기에 창가를 극복하고자 한 '신흥동요운동'이기도 했다.

1930년대 들어서도 동요 운동은 활발히 전개되었다. 그 일환으로 1920년대에 발표된 동요들을 정리하는 작업이 이루어졌다. 1929년 1월 조선동요연구협회에서 『조선동요선집』(박문서관)을 발간했고, 1932년에는 김기주가 1923년부터 1931년까지 아동지와 일간지에 발표된 동요 203편을 엮은『조선신동요선집』(동광서점)을 간행했다. 1933년에는 개인 동요집인 김태오의 『설강동요집』(한성도서)도 출간되었다.

이 시기에는 강소천, 박영종(박목월), 목일신, 김태오, 김영일, 김성도, 권태응, 박경종, 임인수 등 신진 동요 시인들이 등장했고, 현제명, 이흥렬, 김성태, 강신명, 권태호, 이일래, 박태현, 김대현, 김성도 등 작곡가들이 가세하여 동요 작곡에 참여했다. 1932년 강신명은『강신명 동요 99곡집』을, 1937년 이흥렬은 동요 작곡집『꽃동산』을 펴냈다. 그 외 김영일의 「방울새」를 작곡한 김성태, 윤석중의 「봄나들이」를 작곡한 권태호, 「산토끼」를 작요 작곡한 이일래, 윤석중의 「산바람 강바람」을 작곡한 박태현, 목일신의 「자전거」를 작곡한 김대현, 「어린 음악대」를 지은 김성도 등의 활동도 두드러졌다. 그뿐 아니라 1934년 서울에서는 '녹성동요회'라는 단체가 만들어져 라디오 방송을 통해 동요 보급을 주도했고, 기독교 교회의 주일학교에서도 동요를 가르치며 어린이들에게 꿈과 민족정신을 심어 주었다. 동요는 나라 잃은 이 땅의 가엾은 어린이들에게 훌륭한 문학이자 맑고 아름다운 마음씨를 갖고 굳세게 자라기를 바라는 노래였다.

1930년대 중반 이후에는 동요가 노래의 속성을 벗어나 시로서 창작되기 시작했다. 바로 동요시다. 이는 동요를 시문학으로 확장시키고자 한 시적 욕망의 일환이었다. 강소천의 「닭」(《소년》 창간호, 1937년 4월)은 4·4조의 음수율을 지키면서 닭이 물을 먹는 형상을 이미지로 간결하고 명쾌하게 표현하여 시적인 특성을 잘 살린 대표적 동요시다. 동요 시인들이 점차 문학성이 강한 동요시로 눈길을 돌린 데다가, 1940년대 들어서는 일제의 민족말살정책으로 우리말로 된 동요를 부를 수도 만들 수도 없게 되면서 결국 동요는 암흑기에 빠져들고 말았다.

새로 맞은 동요의 전성시대

1945년 8월 해방을 맞이하고서야 우리말 우리글을 되찾았다. 하지만 일본말을 강요받던 암흑기를 보낸 어린이들 대부분이 우리말 우리 노래를 제대로 하지 못했다. 이때는 어린이를 위한 동요가 따로 없어 「대한의 노래」(이은상 작사, 현제명 작곡)가 많이 불렸다. 곧이어 해방 후 첫 동요인 「새 나라의 어린이」(윤석중 작요, 박태준 작곡)가 어린이신문 1면에 특집으로 실려 대대적으로 불렸고, 뒤따라 「어린이 노래」(박영종 작요, 박태준 작곡), 「세우자 새 나라」(이원수 작요, 권길상 작곡), 「어린이 행진곡」(길묘순 작요, 정세문 작곡) 등의 동요가 보급되었다. 어린이는 '새 시대 새 일꾼'의 상징적 지표였다. 1945년 11월에는 안병원과 권길상이 중심이 되어 조직한 봉선화동요회가 동요 보급에 앞장섰다. 봉선화동요회는 「우리의 소원」(안석주 작요, 안병원 작곡), 「구슬비」(권오순 작요, 안병원 작곡), 「시냇물」(이중구 작요, 권길상 작곡) 등 주옥같은 동요를 발표했다.

해방 이후 첫 동요인 「새 나라의 어린이」가 1945년 12월 1일 자 《어린이신문》 1면에 실렸다.

윤석중은 조풍연 등과 함께 조선아동문화협회(1945년)를 조직하고 기관지인 《소학생》을 발간했을 뿐 아니라 노래동무회를 만들어 새 동요 짓기에 발 벗고 나섰다. 노래동무회는 「기찻길 옆」(윤극영 작곡), 「나란히 나란히」(윤극영 작곡), 「길 조심」(윤극영 작곡), 「졸업식 노래」(정순철 작곡) 등 윤극영, 정순철의 곡을 받아 매일

새로운 동요를 발표했다. 1946년 봄, 해방 후 첫 졸업식에는 우리
말로 된 「졸업식 노래」가 감격적으로 불렸다. 「어머님 은혜」(윤춘병
작요. 박재훈 작곡), 「어린이날 노래」(윤석중 작요. 윤극영 작곡) 등 어린
이를 위한 행사 노래도 이때 활발히 작곡되어 즐겨 불렀다.

「종소리」, 「노래는 즐겁다」, 「리자로 끝나는 말」, 「옹달샘」, 「등
대지기」 등 매우 선율적이고 아름다운 외국의 동요들도 우리말 가
사로 번안되어 함께 불렀다. 이 시기 안병원, 권길상, 박재훈, 정세
문, 원치호, 한용희 등 작곡가들이 등장하여 새로운 동요를 발표하
고, 봉선화동요회, 노래동무회를 비롯한 YMCA어린이음악원, 방
송어린이노래회, 꾀꼬리동요회, 은하수동요회, 종달새동요회 등
동요 단체들이 우후죽순처럼 생겨나 동요 보급에 동참하면서 동요
의 새바람을 일으켰다. 이 시기에는 한인현의 『민들레』(제일출판사,
1946), 윤석중의 『초생달』(박문출판사, 1946), 박영종의 『초록별』(을
유문화사, 1946), 김원용의 『내 고향』(새동무사, 1947), 이원수의 『종달
새』(새동무사, 1947), 권태응의 『감자꽃』(글벗집, 1948), 윤석중의 『굴
렁쇠』(수선사, 1948), 윤복진의 『꽃초롱 별초롱』(아동예술원, 1949) 등
개인 동요집도 쏟아져 나왔다.

해방 후 크게 달라진 것은 동요의 교육적 가치가 인정되어 음악
과 교육과정이 만들어지고, 학교 수업을 통해 동요를 배우게 되었
다는 점이다. 그렇다 보니 노래를 희망에 넘치는 밝은 표정으로 활

기 있게 부르는 창법이 강조되고, 노랫말도 어린이 생활과 밀접한 내용으로 평이하면서도 생기발랄하고 약동적인 감각이 선호되었다. 민족 정서와 그리움이 묻어 있던 해방 이전의 동요와 달리 밝은 감정과 명랑한 내용으로 바뀌었으며, 노래도 희망이 넘치는 표정으로 귀엽게 불렀다. 순수한 감성과 해맑은 동심이 고스란히 담겨 있는 권오순의 「구슬비」가 대표적이다.

송알송알 싸리잎에 은구슬
조롱조롱 거미줄에 옥구슬
대롱대롱 풀잎마다 총총
방긋 웃는 꽃잎마다 송송송

고이고이 오색실에 꿰어서
달빛 새는 창문가에 두라고
포슬포슬 구슬비는 종일
예쁜 구슬 맺히면서 솔솔솔
　　　　―권오순 작요, 안병원 작곡, 「구슬비」

「구슬비」는 1938년 《가톨릭 소년》 1월호에 실린 동요로 1948년 안병원이 작곡하여 널리 불렸다. 권오순은 1919년 황해도 해주에서 다섯째 딸로 태어나 세 살 되던 해 발병한 소아마비로 장애를 안게 되었다. 그는 짓궂은 남자아이들의 '절름발이'라는 놀림에 밖으로 나다니지 않았다. 학교에 가지 않고 집에서 스스로 한글을 깨쳐 책 읽기와 글쓰기로 슬픔을 달래며 권오순은 외로운 외고집 소녀가 되어 갔다. 《어린이》는 그에게 '생명의 빛'이자 '유일한 벗'이었다.

　그는 열세 살 때부터 《어린이》에 동요를 투고하기 시작했다. 《어린이》 108호(1933년 5월)에 동요 「새일ㅅ군」과 「울언니처럼」이 처음 입선되어 평과 함께 실렸다. 입선의 기쁨은 그를 《어린이》 단골 투고자로 만들었다. 그의 외곬 투고는 방정환 사후 《어린이》 편집인 겸 발행인이던 이정호의 마음을 움직여 사제의 인연으로 이어졌다. 1935년 3월 《어린이》 폐간 이후 《매일신보》로 자리를 옮겨 소년소녀판 지면을 맡은 스승 이정호의 도움으로 동요 「구슬비」는 1938년 《가톨릭 소년》에 실릴 수 있었다. 해방 후 「구슬비」가 작곡되어 남한에서 불린다는 소문을 듣고 권오순은 1948년 11월 무작정 남으로 내려왔다. 월남 후 발발한 6·25전쟁으로 그는 피란도 못 가고 적 치하의 서울에서 숱한 죽을 고비를 넘겼다. 삶의 극한 상황에서 그는 자신이 '하느님께서 구해 내신 생명'임을 깨닫고 천주교에 귀의했다. 권오순은 휴전 후 신부님이 경영하는 보육원의 보모가 되어 아이들을 돌보다 1966년 성 프란치스코 재속 수녀회에 입회했다. 그가 다시 동요와 동시를 쓸 수 있었던 것은 윤석중

덕분이었다. 《어린이》에 동요를 처음 발표한 이후 50년 만에 권오순은 첫 동시집 『구슬비』를 출간했다. 「구슬비」는 중년 이후 다시 작품 활동을 이어 준 그의 '생명의 구슬'이 되었다.

「구슬비」는 보슬비 오는 날 아침 거미줄, 풀잎, 꽃잎에 맺힌 작은 물방울을 보고 시각을 청각화한 순수 동요다. 영롱한 우리말의 아름다움을 섬세한 언어 감각으로 표현하여 귀엽고 산뜻하며 발랄하고 경쾌한 느낌을 준다. 그의 동요는 일관되게 계절이 주는 자연의 생동감을 순수한 동심으로 표출한다. 장애의 몸으로 봉사하며 평생을 독신으로 가난과 함께 살았던 그에게 동요는 외로운 삶을 버티게 해 준 기도와 같은 존재였다. 동요 「구슬비」에는 절실하게 살아온 시인의 순결한 영혼이 행간마다 동심으로 총총 맺혀 있다.

금강산 찾아가자 일만 이천 봉
볼수록 아름답고 신기하구나
철 따라 고운 옷 갈아입는 산
이름도 아름다워 금강이라네 금강이라네

금강산 보고 싶다 다시 또 한번
맑은 물 굽이쳐 폭포 이루고
갖가지 옛이야기 가득 지닌 산

이름도 찬란하여 금강이라네 금강이라네

—강소천 작요, 나운영 작곡, 「금강산」(1953)

　「금강산」은 분단의 아픔이 내면 깊숙이 잠재된 동요다. 여기서 금강산은 북녘땅을 대표하는 고향 산천이다. 소풍 다니던 금강산을 분단으로 다시 갈 수 없게 되었다는 사실은 얼마나 가슴 아픈가. 강소천은 흥남 철수 작전 때 남으로 내려온 실향민으로 고향 산천을 '금강산'으로 대신하여 그리며 절실하게 노래했다. 「우리의 소원」이 동심의 정서로 우리 민족의 통일 염원을 직접적으로 표출한 동요라면, 「금강산」은 그 간절함을 우회적으로 내면에 분출한 노래다. 국정 음악 교과서가 개편되면서 새 노래가 많이 실렸는데, 이들 동요가 분단을 대표한 노래로 교과서에 실려 널리 불렸다.

　해방 직후부터 이어진 극심한 좌우익 이념의 대립은 결국 6·25전쟁이란 참혹한 민족의 비극을 낳았다. 이때 피란살이하던 어린이들을 위로하고 용기를 북돋아 주기 위해 전시동요가 지어졌다. 6·25전쟁이 휴전협정으로 종전된 뒤 피란 갔던 사람들이 각자 고향으로 돌아왔지만, 건물은 파괴되었고 수많은 어린이들이 부모 형제를 잃고 방황했다. 그렇게 거칠어진 어린이들의 마음을 바로잡아 주기 위해 시대에 알맞은 새로운 동요가 필요했다. 그때 서정적이고 경쾌한 멜로디뿐 아니라 우리의 멜로디를 찾는 새 동요 바람도 일어났다. 민요풍의 우리 동요 찾기는 서양식 멜로디에서 탈피하고자 한 노력이었다.

1950년대에는 자유를 찾아 남으로 내려온 강소천, 김요섭, 한정동, 박경종, 장수철, 박홍근, 한인현 등 월남 시인들과 어효선 등 남한의 동요 시인들이 동요 창작에 합류했으며, 나운영, 윤용하, 김공선, 손대업, 이계석, 금수현, 이은열, 박준식 등 새로운 동요 세대의 작곡가들이 합세했다. 문교부 음악편수관이던 나운영은 개편된 국정 음악 교과서에 새 노래를 실었고, 한용희는 KBS에서 동요 프로그램의 프로듀서로 근무하면서 '새 시대 새로운 동요'를 구호로 내걸고 동요 보급 운동을 전개했다. 윤용하는 부산 피란 시절 김영일의 전시동요 「피난 온 소년」을 작곡하면서부터 동요 작곡에 힘써 대한어린이음악원을 만들고 여러 차례 동요작곡발표회를 개최했다. 이들은 주로 교육자들로 어린이들과 직접 음악 생활을 함께하면서 사명에 찬 열정으로 명곡들을 작곡했다.

윤석중은 1956년 새싹회를 창립하여 동요 짓기 운동을 벌이며 문학으로서 동요의 맥을 이어 나가고자 했다. 동요 작곡가들은 때를 같이 하여 서울아동음악동인회를 결성하고 아동 음악 발전에 힘을 기울였다. 이들에 의해 작곡되고 널리 사랑 받은 동요로는 윤석중의 「우산」(이계석 작곡), 박경종의 「초록 바다」(이계석 작곡), 박영종의 「얼룩송아지」(손대업 작곡), 강소천의 「여름」(금수현 작곡), 한인현의 「섬집 아기」(이홍렬 작곡), 유치환의 「메아리」(김대현 작곡), 원치호의 「어린이 왈츠」(권길상 작곡), 어효선의 「꽃밭에서」(권길상 작곡)와 「과꽃」(권길상 작곡), 「파란 마음 하얀 마음」(한용희 작곡), 윤석중의 「고향 땅」(한용희 작곡), 강소천의 「꼬마 눈사람」(한용희 작곡), 김요섭의 「봄비」(윤용하 작곡), 박홍근의 「나뭇잎 배」(윤용하 작곡), 이원수의 「겨울나무」(정세문 작곡), 김소월의 「엄마야 누나야」(김광수 작곡), 김영일의 「구두 발자국」(나운영 작곡) 등이 있다.

이렇듯 해방 이후 1950년대는 동시보다 동요 창작과 보급이 활발하게 이루어지면서 동요의 새로운 전성기를 맞았다. 각종 음악 대회를 통해 퍼져 나가며 동요는 더욱 눈부시게 발전했다. 전후 암담한 현실에서 아이들에게 용기와 희망을 북돋아 주는 일에 관심을 기울인 결과였다.

동요 문학의 쇠퇴와 동요의 새로운 활로

동시단에서 양적으로나 질적으로 풍성한 새 전성기를 이루던 동요는 동시의 시 운동이 일던 1960년대 중반 이후 급격히 사양길로 접어들었다. 1950년대 후반 시와 시조, 동시의 관문으로 등단한 박경용, 유경환, 조유로, 신현득 등 신예 시인들이 동요적 감성에 빠진 동시단에 '동시도 시여야 한다'는 시적 각성을 촉구하고 나섰다. 이들은 1966년 동시인동인회를 결성하고 난해성 논란과 어린이 독자를 잃었다는 비판을 감수하면서 동시의 시 운동을 펼쳐 나갔다. 시 운동은 이미지에 의한 새로운 시 문법을 창출해 내며 동요의 시적 미숙성을 탈피하고자 한 실천 운동이자, 동요적 감성을 시로 끌어올리려는 각성이었다. 이때 시 운동이 몰고 온 돌개바람은 동요 장르의 문학적 퇴조를 불러왔다. 문단 등용 관문인 신춘문예나 문예지 신인상 제도에서 동요 등단 부문은 자취를 감췄다.

음수율을 지닌 동요만 써서는 아동문학인으로 인정받지 못하는 시대로 바뀌어 갔다. 아동문학인들의 동요에 대한 호응도 역시 자연스레 떨어질 수밖에 없었다. 동요는 대구, 분절 등 창작 조건이 까다로워 문학적으로 성공하기 어려운 데다가 등단 관문마저 잃었기 때문이다. 동요는 점차 시 창작과는 다른 '노랫말'로 인식되어 갔다. 이렇게 동요와 동시의 장르 분화 현상이 급속도로 이루어지면서 동요는 아동문학에서 소외되었다.

그런 속에서 일부 뜻있는 아동문학인들이 모여 동요 문학의 새로운 활로를 찾고자 노력했다. 1968년 아동문학인과 작곡가들이 함께 조직한 동요동인회가 그것이다. 윤석중, 한정동, 이원수, 박경종, 김영일, 김요섭, 어효선, 박화목, 장수철, 박홍근, 석용원, 홍은순 등 아동문학인들과 작곡가 이흥렬, 박태준, 김동진, 나운영, 박태현, 김대현, 김규환, 박재훈, 김공선, 이호섭, 정세문, 안병원, 손대엽, 구두회, 김순애 등 30여 명이 동인회의 구성원이 되어 동

요 창작과 보급에 뜻을 같이했고, 세광음악출판사를 통해 해마다
『새 동요곡집』을 발간했다. 특히 이 시기에는 선명회어린이합창
단, KBS어린이합창단, 리틀엔젤스, 서울시립소년소녀합창단, 칼
올프어린이합창단 등 각종 합창단이 만들어져 동요가 합창으로 널
리 퍼져 나갔다. 1960년대 이후 활발히 동요 작곡에 힘쓴 작곡가로
는 장수철, 김동진, 이호섭, 구두회, 김규환, 오동일, 유덕희, 장창
환, 윤양석, 윤해중, 황철익, 유병무, 이수인, 정혜옥, 정근, 신귀
복, 박병두, 유원, 강갑중, 김경숙, 허방자, 이해창 등이 있다.

　1970년대 이후에는 텔레비전의 영향으로 교과서에 수록되지 않
은 동요도 애창되었다. 「과수원 길」은 대중 가수가 부르면서 대중
화된 1970년대 대표적인 동요다. 노랫말도 과거의 전통적인 4·4조,
7·5조 4행 형식을 완전히 탈피하여 자유롭고 신선해졌다. 1980년
대 들면서는 또다시 동요의 문학성 회복과 동요의 문학적 계승을
선도하는 동시인들이 등장했다. 그들은 1981년 신현득, 김종상 등
을 중심으로 동요 문학 동인회를 창립하고 동요 쓰기가 아동문학
인의 의무임을 주장하며 '동요의 문학 선언'을 주창했다. 강릉에서
는 김원기, 엄성기 등이 중심이 되어 솔바람동요동인회가 결성되
었고, 동요 창작을 독려했다. 이렇듯 동요를 동시 문학의 한 장르
로 복귀시키기 위한 일련의 노력이 행해졌으나 각종 아동문학지에
서 동요를 청탁하여 싣는 일 자체가 없었다. 동요는 여전히 노랫말

의 범주에 머물며 작곡되지 않거나, 작곡되어도 교과서나 창작동요 대회를 통해 불리지 않으면 생명력을 잃고 사장되기 일쑤였다.

1970년대 이후 동요가 노랫말 가사로 인식되면서 그 나름으로 새로운 활로를 개척해 나갔다. 특히 형식과 내용, 작곡 면에서 엄청난 변화가 있었다.

동구 밖 과수원 길 아카시아꽃이 활짝 폈네
하이얀 꽃 이파리 눈송이처럼 날리네
향긋한 꽃 냄새가 실바람 타고 솔솔
둘이서 말이 없네 얼굴 마주 보면 쌩긋
아카시아꽃 하얗게 핀 먼 옛날의 과수원 길
—박화목 작요, 김공선 작곡, 「과수원 길」

바람이 머물다 간 들판에 모락모락 피어나는 저녁 연기
색동옷 갈아입은 가을 언덕에 빨갛게 노을이 타고 있어요
허수아비 팔 벌려 웃음 짓고 초가지붕 둥근 박 꿈꿀 때
고개 숙인 논밭의 열매 노랗게 익어만 가는

가을바람 머물다 간 들판에 모락모락 피어나는 저녁 연기
색동옷 갈아입은 가을 언덕에 붉게 물들어 타는 저녁놀

—이동진 작요, 최현규 작곡, 「노을」

「과수원 길」과 「노을」은 모두 한 개 절로 이루어진 통절(通節) 동
요다. 즉, 1, 2절을 따로 두지 않고 통절을 반복해 부르는 서정 동
요인 것이다. 그래서 정감 있는 멜로디가 동요의 연상을 더욱 또렷
하게 만든다. 「과수원 길」은 동요이면서 합창곡으로도 편곡되고,
어린이와 어른이 다 같이 공유하며 대중화되었다. 이는 서정성을
은은히 풍기며 쉽게 익힐 수 있는 멜로디에다. 아카시아꽃이 활짝
피어난 5월의 어느 날 과수원 길에서 둘이 말없이 마주 보고 웃던
먼 옛날의 그리움에 젖게 하는 감성적인 노랫말 덕분이다. 「노을」
은 노랫말을 수미쌍관으로 구성하며 저녁놀의 분위기를 더욱 부각
하여 인상 깊게 했다. 선명하게 다가오는 가을날의 이미지와 서경
적 묘사가 「과수원 길」보다 한층 강화되었다. 가을날 노을이 지는
저녁 들녘의 고즈넉한 풍경을 강렬한 색상으로 시각화하여 노래하
는 동안 그 인상적 여운이 강하게 감돈다. 노랫말이 악상을 이끌어
낸 동요가 된 것이다.

무엇보다 이들 노랫말이 이전의 동요들과 달라진 점은 과감한
정형성의 파괴에 있다. 일정한 음수율이 정해져 있지 않고, 분절이
나 대구의 제한도 없이 통절을 이루면서 절의 길이도 자유롭게 길
어졌다. 통절로 두 번 반복해서 부르게 하는데, 그 반복이 내용을

또렷하게 기억시키는 작용을 한다. 노래는 서정적이면서도 경쾌하고 흥겨우며, 수미쌍관 구조로 여운의 쾌감도 느낄 수 있게 했다. 동요가 정형성에서 홀연히 벗어나면서 노랫말은 훨씬 다양해지고 이야기성과 놀이성을 띠어 갔다. 분절의 제약에서 벗어나자 노랫말을 음악의 형식에 맞추어 자유롭게 쓸 수 있게 되었고, 멜로디도 자연스럽게 노랫말의 분위기를 돋워 주었다. 이렇게 동요는 정형시 형식에서 벗어나 자유시형으로 바뀌었다. 이후 동요 작사가들이 새로이 등장했고, 노랫말도 유희적이고 오락적이며 음악적으로 변모해 갔다. 이러한 변화는 동요가 동시 문학 장르를 떠나 음악 장르로 진화해 간 것을 보여 준다.

동요는 노래로 불릴 때 생명력이 부여된다. 그러나 오늘날 동요는 어린이들로부터 외면당하고 있다. 디지털 매체에 길들여진 어린이들이 동요보다 어른들의 노래와 춤을 흉내 내는 일이 많아졌다. 어린이들이 동요를 부르지 않으니 동요 듣기도 힘들어졌다. 이런 현실을 보면, 진정으로 어린이를 사랑하는 마음은 어른들이 먼저 동심을 잃지 않으려 하는 데에 있다고 여겨진다.

간혹 어쩌다 동요를 들으면 마음이 차분해지고 숙연해진다. 동요가 일제강점기에 민족혼을 일으키는 불씨가 되고 6·25전쟁 이후 민족 수난기에 마음의 위안이 되어 주어서일까. 오래도록 애창되어 온 동요에는 민족의 숨결과 정서가 깃들어 있어 아련한 향수에 젖어 들게 한다. 동요는 이미 '아동 가요'가 아니라 '동심의 노래'가 된 것이다. 동요를 '마음의 고향'이라거나 '내 마음의 노래'라 하는 것은 이러한 까닭이다.

김선두

1958년 전남 장흥 출생
중앙대학교 예술대학 한국화과 및 동 대학원 졸업
중앙대학교 예술대학 한국화과 교수

주요 개인전(30여 회)

가을, 별 헤는 밤―시리도록(갤러리 누보, 제주)

김선두전(갤러리 희, 양산)

김선두전(교동미술관, 전주)

김선두전(학고재갤러리, 서울)

김선두 먹그림전(포스코미술관, 서울)

꽃과 술 그리고 소리(복합문화공간 에무, 서울)

주요 단체 및 초대전

한국의 미술, 세계로 향하다(헬렌앤제이, 서울)

흰 여백, 검은 선(교보아트스페이스, 서울)

견월사(이천시립월전미술관, 이천)

시인 김춘수―꽃인 듯 눈물인 듯 어쩌면 이야기인 듯(교보아트스페이스, 서울)

뿌리에서 열매까지(필 갤러리, 서울)

전남도립미술관 개관전―산을 등지고 물을 바라보다(전남도립미술관, 광양)

전남국제수묵비엔날레(노적봉예술공원 미술관, 목포)

여수국제미술제(여수엑스포 전시관, 여수)

DMZ전(문화역서울248, 서울)

독도미학(세종문화회관 미술관, 서울)

파이어 아트페스타 2018(경포해수욕장, 강릉)

DNA of Coreanity(우양미술관, 경주)

2017 전남 국제 수묵프레 비엔날레(목포문화예술회관, 목포)

한국의 진경 : 독도와 울릉도(서울서예박물관, 서울)

한국화를 넘어―리얼리티와 감각의 세계(무안군 오승우미술관, 무안)

김정옥

1979년 서울 출생
중앙대학교 한국화과 및 동 대학원 졸업
동덕여자대학교 대학원 미술학과(회화) 박사 졸업

주요 개인전(9회)

미끄러운 문장들(필 갤러리, 서울)

유리 · 물 · 일렁(동덕아트갤러리, 서울)

물, 비늘, 껍질(복합문화공간 에무, 서울)

파브리카(FABRICA)(아트스페이스 에이치, 서울)

Say hello....(안상철미술관, 양주)

주요 단체 및 초대전

그레이트 인물전(대구예술발전소, 대구)

그리고 모두의 이름(예술공간 의식주, 서울)

겹의 미학과 크리스퍼(복합문화공간 에무, 서울)

제38회 중앙미술대전 선정작가전(세종문화회관 미술관, 서울)

제17회 단원미술대전 선정작가전(단원미술관, 안산)

트라이 앵글(아트캠프, 서울)

이 도시의 사회학적 상상력(금천예술공장, 서울)

서교육십 2009: 인정게임(상상마당, 서울)

몸 속의 풍경(신진작가 개인전 지원전)(빛뜰갤러리, 성남)

박영근

1965년 부산 출생

서울대학교 미술대학 서양화과 및 동 대학원 졸업

성신여자대학교 미술대학 서양화과 교수

주요 개인전(41회)

진주처럼 영롱한(세브란스 아트스페이스, 서울)

횡단하는 이미지(이상원미술관, 춘천)

내 속에 너무 많은 나(자하미술관, 서울)

열두 개의 사과(금산갤러리, 서울)

속도, 폭력, 힘, 시간, 생명(아라리오갤러리, 천안)

죽음, 만찬, 여정(문예진흥원 미술회관, 서울)

주요 단체 및 초대전

여성신곡(자하미술관, 서울)

김소월 등단 100주년 기념 시 그림전(교보아트스페이스, 서울)

BAMA 지역작가 특별전―안창홍, 이재효, 박영근(BEXCO, 부산)

회화의 귀환―재현과 추상 사이(예술공간 이아, 제주)

판화하다―한국 현대 판화 60년(경기도미술관, 안산)

Who is Alice(Spazio Lightbox Gallety, 베니스, 이탈리아)

몽유천(국립현대미술관, 과천)

Artists with Arario 2011: Part 3(아라리오갤러리 청담, 서울)

코리안 랩소디 역사와 기억의 몽타주(리움미술관, 서울)

Present from the Part(주영한국문화원, 런던, 영국 · 서울)

신하순

1965년 충북 단양 출생

서울대학교 미술대학 동양화과 및 동 대학원 졸업

독일 슈투트가르트 국립미술대학 Aufbaustudium 회화전공 졸업
서울대학교 미술대학 동양화과 교수

주요 개인전(5회)

오늘 하루를 그리다(진부령미술관, 고성)

오늘 하루—나무, 탑, 사람(아트레온, 서울)

기억의 유람기(한전아트센터 갤러리, 서울)

기억의 유희(이천시립월전미술관, 서울)

기억의 수평—부산(아트사이드 갤러리, 서울)

주요 단체 및 초대전

눈으로 떠나는 여행: 화가의 여행 그리고 풍경(이천시립월전미술관, 이천)

2018 전남국제수묵비엔날레(목포문화예술회관, 목포)

수묵, 수묵동방지몽(주홍콩한국문화원, 홍콩)

신소장품 2013~16 삼라만상: 김환기에서 양푸둥까지(국립현대미술관, 서울)

2017 서울아트쇼(코엑스, 서울)

서울화인아트페스티벌(SFAF)—한국미술열흘장(한가람미술관, 서울)

Hommage 100: 한국현대미술 1970-2007(코리아아트센터, 부산)

대학과 미술—미술 교육 60년(서울대학교미술관, 서울)

사유와 생성—산수풍경의 시간(제비울미술관, 과천)

Funky Bunky (Kulturverein Zehntscheuer e.V Rottenburg am Neckar, 로텐부르크, 독일)

미술로의 여행—보는 것, 보이는 것(세종문화회관 미술관, 서울)

오늘의 한국화—그 맥락과 전개(덕원미술관, 서울)

정영한

1971년 대구 출생
중앙대학교 예술대학 서양화과 및 동 대학원 졸업
홍익대학교 대학원 박사과정 미술학과 졸업
중앙대학교 예술대학 미술학부 서양화전공 교수

주요 개인전(30여 회)

브릴로_호기심의 방(앵포르멜, 서울)

발견된 신화(영은미술관, 경기 광주)

이미지의 신화(세브란스 아트스페이스, 서울)

이미지—時代의 斷想(남송미술관, 가평)

이미지—時代의 斷想(금호미술관, 서울)

Beyond the MYTH(노보시비르스크 시립미술관, 러시아)

우리時代 神話(갤러리 우덕, 서울)

現代—21世紀 風景(성곡미술관, 서울)

現代—21世紀 風景(서울시립미술관 경희궁분관, 서울)

주요 단체 및 초대전

올 댓 리얼리즘—All That Realism(갤러리 나우, 서울)

미술로 보는 한국 근현대 역사전(아트뮤지엄 려, 여주)

현대미술의 시선(양평군립미술관, 양평)

SPACE—가상과 실재展(공립인제내설악미술관, 인제)

시뮬라크르 추월하기(백학미술관, 광주)

바코드 · BARCODE전(양평군립미술관, 양평)

새로운 형상—실재와 환영(석당미술관, 부산)

극사실주의전—한계를 넘어서(포스코갤러리, 포항)

극사실의 세계와 만나다(무안군 오승우미술관, 전남)

극사실주의 회화: 낯설은 일상(은평문화예술회관, 서울)

想 · 像—사진과 회화가 만나다(쉐마미술관, 충북)

극사실회화—눈을 속이다(서울시립미술관, 서울)

상상교과서—알고 싶은 현대미술(서울시립미술관, 서울)

극사실회화의 어제와 오늘(성남아트센터, 경기)

제9회 아시아미술 비엔날레(실파칼라 아카데미, 다카, 방글라데시)

최윤정

1982년 강원도 강릉 출생
성신여자대학교 미술대학 서양화과 및 동 대학원 졸업
성신여자대학교 일반대학원 서양화과 박사과정 수료
(주)문화예술콘텐츠맥 대표

주요 개인전(17여 회)

관동유랑(이상원미술관, 춘천)

색과 형(사이아트 갤러리, 서울)

색(色)과 심(心)(아라아트센터, 서울)

눈물섬(양구군립박수근미술관, 양구)

부드러운 선명함(관훈갤러리, 서울)

Mind Strength(이랜드스페이스, 서울)

Mind Blower(문화일보갤러리, 서울)

주요 단체전 및 초대전

일상과 이상(강릉시립미술관, 강릉)

2018 광화문국제아트페스티벌(세종문화회관 미술관, 서울)

강릉_아름다운 그대(강릉시립미술관, 강릉)

강릉아트센터 개관 기념전—강릉 풍경·사람(강릉아트센터, 강릉)

Sense and Sensibility(관두미술관, 타이베이, 대만)

Encoding & Decoding(Da Xiang Art Space, 타이베이, 대만)

호시탐탐虎視眈眈_호랑이 예술을 즐기다(고려대학교 박물관, 서울)

E.LAND SPACE—뉴센세이션(예술의전당 한가람미술관, 서울)

The Great Artist(포스코미술관, 서울)

솔향강릉 표지작가 초대전(강릉시립미술관, 강릉)

박수근미술관 창작스튜디오 입주작가전(박수근미술관, 양구)

Slow Art(리앤박갤러리 외 헤이리 예술마을, 파주)

오래된 집 재생 프로젝트(스페이스캔, 서울)

이상한 동물전(가나아트파크, 장흥)

Poems of Hearts—Korea Contemporary Female Art(Da Xiang Art Space, 타이베이, 대만)

우리들 마음에 빛이 있다면

초판 1쇄 발행 2023년 9월 25일

지은이 강소천, 권오순, 김규환, 김동호, 김소월, 김요섭, 목일신, 박경종, 박홍근, 박화목, 백남석, 서덕출,
신현득, 어효선, 원치호, 유종슬, 유지영, 유치환, 윤극영, 윤석중, 윤춘병, 이강산, 이내경, 이동진, 이원수,
이태선, 임교순, 장수철, 좌승원, 주유미, 최계락, 최순애, 최옥란, 한경아, 한인현, 한정동
엮은이 김용희
펴낸이 안병현 김상훈
본부장 이승은 총괄 박동옥 편집장 임세미
책임편집 백지선 디자인 박지은
마케팅 신대섭 배태욱 김수연 제작 조화연

펴낸곳 주식회사 교보문고
등록 제406-2008-000090호(2008년 12월 5일)
주소 경기도 파주시 문발로 249
전화 대표전화 1544-1900 주문 02)3156-3665 팩스 0502)987-5725
KOMCA 승인필

ISBN 979-11-7061-034-2 (03810)